NOUVELLE COLLECTION MOLIÉRESQUE

———

XIV

RECUEIL

SUR LA

MORT DE MOLIÈRE

TIRAGE

3oo exemplaires sur papier vergé (Nᵒˢ 41 à 34o).
  20   —   sur papier de Chine (Nᵒˢ 1 à 2o).
  20   —   sur papier Whatman (Nᵒˢ 21 à 4o).

34o exemplaires, numérotés.

No

RECUEIL

SUR LA

MORT DE MOLIÈRE

PUBLIÉ

AVEC UNE NOTICE ET DES NOTES

PAR

GEORGES MONVAL

PARIS

LIBRAIRIE DES BIBLIOPHILES

Rue Saint-Honoré, 338

—

M DCCC LXXXV

PRÉFACE

———

ORSQU'EN 1867 *M. Paul Lacroix commença chez Gay sa* Collection de raretés relatives à Molière, à sa vie et à ses ouvrages *par la réimpression du* SONGE DU RESVEUR, *la troisième des publications annoncées « sous presse » était intitulée :* RECUEIL SUR LA MORT DE MOLIÈRE, *et devait comprendre :*

1º LA REQUÊTE AU ROY, *par sa veuve ;*

2º L'OMBRE DE MOLIERE, *par Dassoucy ;*

3º SUR LA MORT IMAGINAIRE ET VÉRITABLE DE MOLIERE, *par Poliméne ;*

4º LA DESCENTE DE L'AME DE MOLIERE AUX CHAMPS-ÉLYSÉES.

5º L'ORAISON FUNÉBRE DE MOLIERE, *par de Vizé.*

Aucun de ces numéros ne parut alors.

Seul, le dernier fut imprimé en 1879, dans la

a

Nouvelle Collection Moliéresque, *malheureusement interrompue après le 13ᵉ volume par la mort de M. Paul Lacroix.*

Les éditeurs de cette collection nous ont fait la surprise et l'honneur de nous choisir pour continuer l'œuvre du regretté bibliophile Jacob. Nous nous efforcerons de tenir ses promesses et d'exécuter ses projets, et nous commençons aujourd'hui par les trois premiers numéros du Recueil annoncé depuis dix-huit ans, regrettant de ne pouvoir réimprimer ici le quatrième, introuvable depuis la vente de la belle bibliothèque théâtrale de M. de Soleinne.

Cette Descente de l'ame de Moliere aux Champs-Élysées figurait sous le nᵒ 508 du Catalogue [1], rédigé précisément par le bibliophile Jacob, qui, tout en signalant sa rareté, n'eut pas alors l'idée de l'acquérir ou d'en faire prendre une copie, et qui depuis n'a jamais pu se la procurer [2].

La courte analyse qu'il en a faite dit assez l'intérêt que doit avoir cet opuscule pour l'histoire

---

1. Tome V, Iʳᵉ partie, page 121.

2. L'exemplaire fut vendu, 5 ou 6 francs, avec la pièce en vers libres *Sur la Mort imaginaire et véritable de Moliere*, reliée à la suite malgré la différence de format, à un acquéreur de passage « qui ne dit pas son nom et qu'on n'a point revu ».

de Molière et de quelques comédiens-auteurs de son temps dont les ouvrages sont perdus :

« 508. DESCENTE DE L'AME DE MOLIÈRE DANS LES CHAMPS-ÉLYSÉES (en vers et en prose) : *Lyon, Antoine Jullieron*, 1674, in-8o de 22 pp.

Cette pièce a été composée par un esprit fort, assez mauvais juge en matière de comédie, mais très porté à défendre Molière contre les bigots. Il appelle *le Dépit amoureux, l'École des Femmes*, etc. des « petites farces de fort peu de conséquence », et il déclare Molière digne d'être impatronisé aux Champs-Élysées,

> Puisque, pour avoir ce bonheur,
> Sans s'estre repenty des deffauts de sa vie
> Qui de cent *crimes* fut suivie,
> Il estoit mort sans confesseur.

L'auteur de cette allégorie, souvent hostile ou malveillante, prétend que Prosper, bouffon de Braguette, vendit, après la mort de l'opérateur italien, tous ses *manuscrits de farce* à Molière, qui en tira *l'Estourdy, le Dépit amoureux, le Mariage forcé*, etc. Dorimond reproche ensuite à Molière d'avoir fait dire à son *Don Juan* « des choses horribles et de trop mauvais exemple ». Ailleurs, on voit que le comédien Laroque et les demoiselles de Morville et de Longchamp, comédiennes, avaient fait des pièces de théâtre représentées avec succès. Ces pièces ne sont mentionnées nulle part. »

M. Paul Lacroix attribuait alors cette œuvre au comédien-poète Dorimond, qui n'en pouvait être l'auteur par la raison bien simple qu'il était mort avant 1670, date à laquelle sa veuve était devenue, par un second mariage, Mlle Auzillon. C'est peut-être Rosimond, acteur-auteur lui aussi, qu'il a voulu désigner... Mais peu importe cette attribution d'un livre que nous n'avons pas, — et que peut-être nous n'aurons jamais, en dépit de nos recherches passées et à venir.

Nous réimprimons ici, à la place qu'il devait occuper, une rareté également publiée à Lyon à la même époque, et qui n'a encore été reproduite qu'en fac-similé par LE MOLIÉRISTE. *C'est un double placard in-folio, surmonté de vignettes, dont on ne connaît qu'un seul exemplaire, conservé à la bibliothèque publique de Lyon, dans les papiers provenant du P. Menestrier. L'un des titres est* STANCES SUR LA MORT DE MONSIEUR MOLIERE; *l'autre,* ÉPITAPHES SUR LA MORT DE MONSIEUR MOLIERE.

Nous y joignons L'OMBRE DE MOLIERE, *par Dassoucy, qui devait, dans la pensée de M. Lacroix, donner son titre à la 14e livraison de la collection. Mais, outre que cette plaquette est de trop peu d'étendue pour former un volume, le tome VI s'appelle déjà l'*OMBRE DE MOLIERE, *comédie de Brécourt, et nous devions éviter une confusion de titres.*

Nous regrettons de perdre ainsi l'occasion d'étudier plus longuement le gai vagabond, le parasite fantasque, le joueur incorrigible auquel M. V. Fournel a consacré quelques pages excellentes dans ses ÉCRIVAINS OUBLIÉS DU XVIIe SIÈCLE. *Théophile Gautier n'a pas daigné lui faire une petite place dans sa galerie de* GROTESQUES; *il a préféré l'exécuter d'un mot : « le* plat *Dassoucy ». Nous n'acceptons pas plus ce jugement que celui de Despréaux, et nous croyons que Dassoucy « trouvera des lecteurs » tant qu'on aimera l'esprit gaulois, la bonne humeur, la naïveté mêlée de fantaisie, l'observation juste et l'expression pittoresque. Il y a telle page des* AVEN-TURES, *celle du voyageur fatigué contemplant d'une colline le gîte où il va trouver « repas et repos », qui nous semble un pur chef-d'œuvre, digne des meilleurs recueils de* MORCEAUX CLAS-SIQUES. *Ce court récit, très imagé, fait penser à Jean-Jacques, avec une pointe de réalisme plantureux et sensuel qu'on ne trouvera pas chez Rousseau; mais c'est, au même degré, le sentiment très vif de la nature, à une époque où les jardins de Versailles passaient pour le* nec plus ultra *de la beauté champêtre. Et, dans un genre bien différent, le poète, qui ne rêvait pas toujours d'éclan-*

ches fumantes et de rasades vermeilles, s'est élevé jusqu'à l'éloquence dans ses vers à Mme la princesse Maurice sur la mort de son mari.

Molière, qui avait laissé les préjugés bourgeois au fond de la boutique paternelle, dut aimer d'abord cette étrange et joyeuse figure de bohème famélique, courant les grands chemins du Roman Comique, n'ayant pour tout bagage que son luth et sa guitare, pour toute nourriture que la musique et la poésie, — chansons d'amour, chansons à boire, viandes bien creuses, aurait dit le bonhomme Chrysale, — pour toute auberge que la Belle Étoile.

L'Illustre-Théâtre, exilé par la Fronde et l'indifférence du public parisien, hébergea généreusement le musicien errant, qui se souvint toujours des copieux festins de Lyon, d'Avignon, de Pézenas et de Narbonne, et garda du moins à Molière la reconnaissance de l'estomac :

> J'ay toujours été serviteur
> De l'incomparable Moliere
> Et son plus grand admirateur,

dit-il dans ses Rimes redoublées. Mais il ajoute mélancoliquement :

> Il est vrai qu'il ne m'ayme guere.
> Que voulez-vous ? c'est un malheur.
> L'abondance fuit la misere,

Et le petit et pauvre here
Ne quadre point à gros seigneur !

Molière avait l'âme trop haute pour obéir à de si mesquines pensées ; mais douze ans d'absence, des aventures compromettantes, des mœurs équivoques, une réputation détestable, avaient bien pu refroidir Molière, alors marié, père de famille, accablé de travaux, mûri par les années moins que par les soucis, et devenu d'ailleurs plus difficile dans le choix de ses relations.

« Il fut autrefois pourtant mon amy, — dit encore Dassoucy, — et je croy qu'il le seroit encore si ses excellentes qualités lui pouvoient permettre d'aimer d'autre que lui-même. »

Pure calomnie ! Nous n'avons pas besoin d'énumérer ici les amitiés dont Molière honora tant d'hommes de son temps : on sait qu'il épousait volontiers les querelles de ses amis, et ce fut par fidélité sans doute qu'il ne voulut pas renouer avec l'ennemi déclaré de Chapelle et de Despréaux.

Molière mort, l'hôte de « Messieurs les Béjarres », oubliant que le musicien Charpentier lui avait été préféré par le Maître, paya sa dette très galamment par le panégyrique que nous réimprimons aujourd'hui pour la première fois : L'Ombre de Moliere, — un titre qui sera repris par Brécourt l'année suivante, et par Voisenon au XVIIIe siècle.

A peine ces vers ont-ils paru, que l'auteur est emprisonné au Grand-Châtelet, où l'ont précédé son aïeul Villon (avec lequel il n'est pas sans ressemblance), Marot, Molière lui-même quelque trente ans plus tôt. M. Colombey, auquel on doit une intéressante étude sur Dassoucy, veut que L'Ombre de Moliere *ait été la cause de cette disgrâce : selon lui, Dassoucy aurait fait six mois de cachot « pour avoir osé glorifier un honnête homme de génie mis hors la loi religieuse ». D'autres prétendent, avec plus de vraisemblance, que ce fut la jalousie de Lully qui fit mettre « à l'ombre » le « doyen de tous les musiciens de France » au moment même où l'astucieux Florentin profitait de la mort de Molière pour accaparer son théâtre et en faire chasser la Comédie au profit de l'Opéra. Dans cette épreuve, ses amis les Béjart n'oublièrent pas le prisonnier : ils lui firent passer provisions et secours quand la bise fut venue.*

Dassoucy ne survécut que six ans à Molière. Il mourut pauvre, comme il avait vécu, âgé de soixante-quatorze ans.

Personne ne fit son épitaphe.

On a voulu lui attribuer encore une autre plaquette, également rare, et qui, elle aussi, n'a jamais été réimprimée depuis deux siècles. C'est le recueil de vers satiriques : Sur la mort ima-ginaire et véritable de Moliere, *signé* Poli-méne, *et que M. Paul Lacroix a signalé à tort comme une réimpression de l'*Ombre de Moliere [1]. *Il est vrai que l'exemplaire de la Bibliothèque nationale porte cette note au crayon :* « Poliméne est le pseudonyme de Dassoucy » ; *mais on ne sait sur quoi repose cette affirmation. Tout ce qu'on peut supposer, c'est que ce Polimène est vrai-semblablement le même qui a signé le* Procès comique, *relatif à l'affaire de Mlle Dupin (1675), et le* Madrigal, *recueillis tous deux par M. de Trallage et imprimés au tome V de cette collec-tion* [2].

Sans prétendre désigner l'auteur qui s'est caché sous ce masque, nous ferons simplement re-marquer que Boursault, qui dédia à la mémoire de Molière les beaux vers que nous avons extraits de sa Princesse de Clèves, *était très lié avec Mlle Dupin et très enthousiaste de son talent, ainsi qu'en témoignent ses* Lettres.

On trouvera en tête du présent Recueil la Re-quête de la veuve de Molière au Roy : il ne nous a pas semblé qu'on pût séparer de cette pièce

---

1. *Bibliographie moliéresque,* p. 258.
2. Pages 19 et 22.

l'Ordonnance de l'Archevêque qui en fut la suite; les curieux ne seront sans doute pas fâchés de trouver également réunis l'acte de décès de Molière, la lettre à l'abbé Boyvin sur ses obsèques, et le fragment du Registre de La Grange, quoique souvent cités et très connus.

*Enfin, notre Recueil devait forcément comprendre les épitaphes, épigrammes, stances, madrigaux, sonnets, vers de tout mètre et de toute provenance, qui fondirent sur la tombe à peine fermée de Molière. Un grand nombre ayant été publiés par M. P. Lacroix, soit dans la première collection Gay, soit à la suite du tome Ier de cette Nouvelle Collection, nous n'avons donné place en ce volume qu'aux pièces qu'il n'avait pas encore recueillies lui-même : c'est ainsi qu'on n'y trouvera ni l'*ÉPITAPHE *par La Fontaine, la meilleure de toutes, ni les *MEDECINS VENGEZ*, ni le *BOUFFON DES ENFERS. Cinquante-huit pièces avaient été publiées jusqu'ici (27 que l'on trouve à la fin du tome VIII de l'édition de* MOLIÈRE *de 1709-1710, 29 réunies par Beffara et communiquées à Charles Maurice*[1]*, et 2 citées par Alexandre Lenoir dans son* MUSÉE DES MONUMENTS FRANÇAIS*) : nous en donnons ici un nombre*

---

1. Voir le *Courrier des Théâtres* du 11 juillet 1835 et du 28 janvier au 18 février 1836.

égal, qui porte le total à 116 morceaux.

Presque tous opposent la mort feinte d'Argan à la mort véritable de Molière, dénouement imprévu du MALADE IMAGINAIRE. Le décès subit d'un acteur, — et quel acteur! — contrefaisant le mort était bien de nature à frapper les esprits et à servir de thème à toutes les variations poétiques. Le même fait s'était déjà produit trente ans auparavant : un comédien dont le nom n'est pas arrivé jusqu'à nous était mort dans des circonstances analogues, au dénouement d'une pièce représentée devant le Roi et la Cour, à Vitry, vers la fin de 1644 [1].

Sans nous faire la moindre illusion sur la valeur littéraire de la plupart de ces poésies laudatives ou diffamatoires (beaucoup sont une revanche de Tartuffe, de la Faculté, de l'Hôtel de Bourgogne), il nous a paru indispensable d'en compléter autant que possible la collection, et c'est dans ce but que nous donnons, en terminant, le catalogue de celles que nous connaissons : l'ordre alphabétique et la mention du premier vers de chaque pièce permettront aux moliéristes de nous signaler immédiatement celles qui auraient échappé à nos recherches.

Amis et ennemis s'y trouvent confondus, et

---

1. *L'Espion turc*, tome V, lettre 10e.

l'on est heureux de noter que plusieurs des adversaires de Molière firent amende honorable sur la pierre du cimetière Saint-Joseph, que ses victimes mêmes oublièrent noblement les coups qu'il leur avait portés. A côté des noms attendus de La Fontaine, de Boileau, de Chapelle, de Dassoucy, on est touché de rencontrer ceux de Boursault, de Ménage, de plusieurs religieux, prêtres et jésuites, — et même d'un médecin, Estienne Bachot! On regrette le silence de Racine, on est surpris de celui de Corneille, tout en se rappelant que sa conduite fut au moins douteuse lors de la guerre de L'ÉCOLE DES FEMMES. *Pouvait-il oublier que Molière accueillit généreusement les œuvres de sa vieillesse? Ne devait-il pas, sinon un hommage, du moins un souvenir, à celui qui, deux ans plus tôt, l'avait associé au grand succès de* PSYCHÉ? *Peut-être aussi, — et ce serait son excuse, — le poète du* CID *pensait-il, en matière d'hommages posthumes, ce que Balzac a si bien exprimé de nos jours : « Il n'y a de belle épitaphe que celle-ci :*

MOLIÈRE!

un seul nom, qui dit tout, et qui fait rêver. »

G.-M. MONVAL, moliériste.

———

ACTES

RELATIFS

A LA MORT DE MOLIÈRE

I

REQUÊTE

A L'ARCHEVÊQUE DE PARIS

(DE HARLAY)

ET SON ORDONNANCE

POUR L'ENTERREMENT DE MOLIÈRE

Du 17 février 1673.

A Monseigneur l'illustrissime et révérendissime
Archevêque de Paris.

SUPPLIE humblement, Elizabetz-Claire-Grasinde Béjard, veufve de feu Jean-Baptiste Pocquelin de Moliere, vivant valet-de-chambre et tapissier du roy, et l'un des comédiens de sa trouppe, et en son absence, Jean Aubry, son beau-frere; disant que vendredy dernier, dix-septiéme du présent mois de febvrier mil six cent soixante-treize, sur les neuf heures du soir, ledit feu sieur de Moliere s'estant trouvé mal de la maladie dont il décéda environ une heure après, il voulut dans le moment tesmoigner des marques de repentir de ses faultes et mourir en bon chrestien, à l'effet de quoy avecq instances il demanda un prestre pour recevoir les sacremens, et envoya par plusieurs fois son valet et servante à Sainct-Eustache, sa paroisse, lesquels s'adresserent à messieurs Lenfant et Lechat, deux prestres habituez en ladicte paroisse, qui refuserent plusieurs fois de venir; ce qui obligea le sieur Jean Aubry d'y aller luy-mesme pour en faire venir, et de faict fist lever le nommé Paysant, aussy prestre habitué audict lieu; et comme touttes ces allées et venues tarderent plus d'une heure et demye, pendant lequel temps ledict feu Moliere décedda, et ledict sieur Paysant arriva comme il venoit d'expirer; et comme ledict sieur Moliere est déceddé sans avoir reçu le sacrement de confession dans un temps où il venoit de représenter la comédie, mónsieur le curé de Sainct-Eustache lui refuse la sepulture, ce qui oblige la suppliante vous présenter la presente requeste pour luy estre sur ce pourvu.

Ce considéré, Monseigneur, et attendu ce que dessus, et que ledict deffunct a demandé auparavant que de mourir un prestre pour estre confessé, qu'il est mort dans le sentiment d'un bon chrestien, ainsy qu'il a temoigné en presence de deux dames religieuses, demeurant en la mesme maison d'un gentilhomme nommé M. Couton, entre les bras de qui il est mort, et de plusieurs autres personnes; et que Me Bernard, prestre habitué en l'eglize Sainct-Germain, lui a administré les sacremens à Pasque dernier, il vous plaise, de grace specialle, accorder à ladicte suppliante que sondict feu mary soit inhumé et enterré dans ladicte eglize Sainct-Eustache, sa paroisse, dans les voyes ordinaires et accoutumées, et ladicte suppliante continuera les prieres à Dieu pour vostre prosperité et santé, et ont signé.

Ainsy signé : Le Vasseur, et Aubry, avecq paraphe.

Et au-dessoubz est escript ce qui ensuict :

Renvoyé au sieur abbé de Benjamin, nostre official, pour informer des faicts contenus en la presente requeste, pour, information à nous rapportée, estre enfin ordonné ce que de raison.

Faict à Paris dans nostre pallais archyepiscopal, le vingtiesme febvrier mil six cent soixante-treize.

Signé : archevesque de Paris [1].

---

1. Cette pièce et la suivante, communiquées par Palissot à François de Neufchâteau, ont été publiées pour la première fois dans le tome II du *Conservateur* (Paris, 2 vol. in-8º, impr. Crapelet, an VIII).

EXTRAIT

DES REGISTRES DE L'ARCHEVÊCHÉ DE PARIS

Veu ladicte requeste, ayant aucunement esgard aux preuves resultantes de l'enqueste faicte par mon ordonnance, nous avons permis au sieur curé de Sainct-Eustache de donner la sepulture eclechiastique au corps de deffunct Moliere dans le cimetiere de la paroisse, à condition néantmoins que ce sera sans aucune pompe, et avec deux prestres seullement et hors des heures du jour, et qu'il ne se fera aucun service solemnel pour luy, ny dans ladicte paroisse Sainct-Eustache, ny ailleurs, mesme dans aucune eglize des réguliers, et que nostre presente permission sera sans prejudice aux regles du rituel de nostre eglize, que nous voulons estre observées selon leur forme et teneur. Donné à Paris, ce vingtiesme febvrier mil six cent soixante-treize.

Ainsy signé : archevesque de Paris;
Et au-dessoubz, par Monseigneur, Mo-
range, avecq. paraphe.

Collationné en son original en papier, ce
faict rendu par les nottaires au Chastellet de
Paris soubzsignez, le vingt-uniesme mars
mil six cent soixante-treize.

LEVASSEUR.

ACTE D'INHUMATION

Le mardy 21e fevrier 1673, defunt Jean-
Baptiste Poquelin de Moliere, tapissier-valet
de chambre ordinaire du Roy, demeurant rue
de Richelieu, proche l'Académie des Pintres,
décédé le 17 du présent mois, a été inhumé
dans le cimetiere de Saint-Joseph.

Pas de signatures.

(Registre des décès de la paroisse Saint-Eustache,
pour l'année 1673.)

L'ENTERREMENT DE MOLIÈRE

*Pour M. Boyvin, prestre, docteur en théologie,
à Saint-Joseph.*

Mardi, 21 fevrier 1673, sur les neuf heures
du soir, l'on a fait le convoy de Jean-Baptiste
Pocquelin Moliere, tapissier-valet de chambre, illustre comédien, sans autre pompe,
sinon de trois ecclésiastiques ; quatre prestres
ont porté le corps dans une biere de bois
couverte du poelle des tapissiers ; six enfants
bleus portans six cierges dans six chandeliers
d'argent ; plusieurs laquais portans des flam-
beaux de cire allumez. Le corps, pris rue de
Richelieu, devant l'hôtel de Crussol, a esté
porté au cimetiere de Saint-Joseph, *et enterre
au pied de la croix.* Il y avoit grande foule

de peuple, et l'on a fait distribution de mil à douze cens livres aux pauvres qui s'y sont trouvez, à chacun cinq sols. Ledit Moliere estoit décédé le vendredy au soir, 17 février 1673. M. l'archevesque avoit ordonné qu'il fust ainsy enterré sans aucune pompe, et mesme defendu aux curez et religieux de faire aucun service pour lui.

Néantmoins l'on a ordonné quantité de messes pour le défunct [1].

---

1. L'original a été exposé au musée Molière du Théâtre-Italien (Salle Ventadour) en mai 1873 : il appartenait à M J. Taschereau.

LA MORT DE MOLIÈRE

D'APRÈS LE REGISTRE DE LA GRANGE

Du Vendredy 17 (Fevrier 1673). — *Malade imaginaire*. . . . . 1219 liv.
Part . . . . 39 liv.

Ce mesme jour, aprez la comedie, sur les dix heures du soir, Monsieur de Moliere mourust dans sa maison, rue de Richelieu, ayant joué le roosle dudit Malade Imaginaire, fort incommodé d'un rhume et fluction sur la poitrine qui luy causoit une grande toux, de sorte que dans les grans effortz qu'il fist pour cracher, il se rompit une veyne dans le corps et ne vescut pas demye heure ou trois quartz d'heures depuis la d^e veyne rompue. Son corps est enterré à Saint-Joseph, ayde de la parroisse Saint-Eustache. Il y a une tombe eslevée d'un pied hors de terre.

DEUX PLACARDS

SUR LA

MORT DE MOLIÈRE

I

ÉPITAPHE

SUR

MONSIEUR DE MOLIERE[1]

Cy gît un illustre bouffon
Qui n'a pû si bien contrefaire
   Le malade imaginaire[2]
Qu'il a fait le mort tout de bon[3].

---

1. Ces épitaphes forment un placard qui fut publié à Lyon, chez Marcelin Gautherin; il se trouve dans un recueil de pièces provenant du P. Menestrier et conservé aujourd'hui à la Bibliothèque publique de Lyon. Le placard est surmonté d'une ancienne gravure en bois du Petit-Bernard, représentant la Mort qui entraîne un gentilhomme. Des six épitaphes contenues dans ce placard, trois seulement sont connues et imprimées ailleurs, la première, la troisième et la cinquième.

2. Il mourut une heure après avoir contrefait le mort, dans la comédie intitulée : *Le Malade imaginaire.*.

3. Bibliothèque de Bordeaux, ms. 696 A.

Autre épitaphe.

J'attaque impunément le plus haut caractere
Des Roys et des dévots, des marquis, du vulgaire ;
J'ay de tous les états decouvert le mystere :
Joüant le medecin, je me suis échoüé.
Je meurs sans medecin, sans prêtre, sans notaire :
J'ay joüé la Mort même, et la Mort m'a joüé.

Autre.

Moliere est mort, c'est grand dommage :
Il faisoit bien son personnage ;
Il étoit merveilleux à joüer un cocu :
En luy seul, à la Comédie,
Tout à la fois nous avons vû
L'original et la copie.

Autre.

Il est passé, ce Moliere,
Du théâtre dans la biere.
Ce pauvre homme a fait faux bon,
Et ce tant renommé bouffon
N'a jamais sceu si bien faire
Le malade imaginaire
Qu'il fait le mort tout de bon.

Autre.

Moliere est dans la fosse noire.
On dit qu'il est mort tout de bon.
Pour moy, je n'en sçaurois rien croire :
L'acte est trop sérieux pour estre d'un bouffon.

Autre.

Passant, arreste un peu ! Cy gist un médisant,
Comiqué ingénieux, satyrique à l'extrême,
Pendant qu'il a vécu ; mais, hélas ! en mourant,
Il n'a pu, le maudit, mal parler de soy-même [1].

---

1. C'est-à-dire qu'il ne put se confesser.

2.

II

STANCES

SUR LA

MORT DE MONSIEUR MOLIERE [1]

Quoy, faut-il donc que l'on soûpire,
Qu'on pleigne vôtre sort, cher Moliere, à ce jour,
Vous dont les vers bouffons nous ont souvent fait rire
Et diverti toute la Cour ?

---

1. Cette pièce de vers se trouve imprimée en un placard in-folio, surmonté d'une ancienne gravure en bois qui représente le Temps mesurant au compas les diverses parties du globe terrestre avec cette devise : *Tempus ego immensum spatiis dimelior orbem.* Ce placard, publié à Lyon, se vendait chez le libraire Marcelin Gautherin, qui annonçait en même temps « un Poème, composé par le R. P. de La Rüe, de la compagnie de Jésus, sur les conquêtes du Roy en Holande, traduit de latin en françois par Mr Pierre Corneille ». La pièce originale est reliée dans un recueil de pièces en vers, provenant du P. Menestrier, et conservé aujourd'hui à la Bibliothèque publique de Lyon. Elle a été publiée pour la première fois en fac-similé héliographique dans la 1re livraison du *Moliériste* (1er avril 1879), ainsi que le placard précédent.

On vous regrette, mais on doute
Si vôtre ame joüit de l'étérnel repos :
Car c'est bien rarement que celle-là le goûte
Qu'on sçait l'avoir aux gens ravi mal à propos.

En lisant vos plaisans écrits,
On dit que vous aimiés les douceurs du comique.
Il restoit que le Ciel fit voir à nos esprits,
Par vôtre triste mort, les horreurs du tragique.

Vous nous avés appris, en bien peu de parole,
Les maux que les maris aux femmes font souffrir[1];
Mais vôtre mort devoit plûtôt estre une école
Où l'on apprît sans peine à saintement mourir.

Nous ne vous verrions pas, des prêtres rebroüé,
Ne pouvoir obtenir pour vos os aucuns gittes,
Et ces bons médecins, que vous avés joüé,
Vous joüer encor mieux que pour lors vous ne fites.

On ne sçauroit des sots fascheux[2]
En mieux parler que vous, ou bien en mieux écrire;
Mais la mort impréveuë est plus fascheuse qu'eux :
C'est ce que vous nous deviés dire.

---

1. *L'Échole des Maris,* comédie de M. Molière.
2. La comédie des *Fascheux.*

Vous n'avés travaillé qu'aux vers de vôtre veine ;
Mais vôtre sort seroit et plus doux et plus beau
Si vous eussiés par fois voulu prendre la peine
De penser aux vers du tombeau.

SUR LA MORT

IMAGINAIRE ET VERITABLE

DE MOLIERE

VERS LIBRES[1]

MADRIGAL

Moliere fut digne d'envie,
Dans son genre il sceut exceller.
Alors qu'il fit le mort aux dépens de sa vie,
Il alla bien plus loin qu'il ne pensoit aller.
Quel acteur à ce prix voudra luy ressembler ?
Non, je ne pense pas qu'il s'en trouve un semblable
Par toute la terre habitable.
Ainsi, c'est une verité,
MOLIERE passera dans la posterité
Pour un acteur inimitable.

---

1. A Paris, chez Olivier De Varennes, au Palais, en la Gallerie des Prisonniers, *au Vaze d'or.* 1673, in-4 de 7 pages.

M. P. Lacroix cite une contrefaçon de la même année : Metz, Jean Antoine, in-4º de 4 pages.

❦

Molière dans son art se rendit si parfait
Qu'un jour, faisant le mort, il mourut en effet.
Une si belle mort, le couronnant de gloire,
Fait revivre son nom au Temple de Mémoire.

SUR LA COMÉDIE

DE SON

MALADE IMAGINAIRE

Ce n'étoit qu'une comédie
Où MOLIERE faisoit le malade et le mort.
La Mort, en étant avertie,
Voulut joüer son rôle et faire sa partie.
Par forme d'épisode elle parut d'abord ;
Mais, devenant jalouse enfin de sa copie,
Fit que l'acte dernier décida de son sort,
Et changea le comique en une tragédie.

MOLIERE, appellois-tu Malade imaginaire
Celuy qui meurt réellement ?
Peut-estre qu'à ton jugement
La mort n'étoit qu'une chimere,
Malgré le commun sentiment
Qui nous enseigne le contraire.

Mais sans doute trop tard, MOLIERE,
As-tu découvert un mystere
Que la nature a mis dans un jour assez beau.
Il ne faut pas attendre à voir cette lumiere
A nôtre heure derniere,
Dans la nuit du tombeau.

ÉPITAPHES

———

Cy gist qui dans la comédie,
Pour dernier acte de sa vie,
Voulut représenter le mort :
Pour mieux joüer ce personnage,
D'un vray mort prenant le visage,
D'un sommeil éternel à la fin il s'endort.

Cy gist qui fit le fou, l'hipocrite et le sage,
Et qui joüa maint personnage.
Mais, las! par un fatal effort
Ayant joüé mesmes la Mort,
La Mort en conceût tant d'envie
Qu'elle se joüa de sa vie.

Cy gist MOLIERE dont le sort
Le fit railler jusqu'à la mort.
La Mort, qui n'entend raillerie,
Fort sérieusement luy retrancha la vie.

❧

Cy gist qui sçavoit plus que son A B C D,
    Qui joüa toute la nature ;
Joüant mesmes la Mort, de la mort possedé,
    Fit succéder à sa peinture
    La triste et funeste figure
    D'un véritable décédé.

❧

    Cy gist qui nous fit si bien rire
    Et nous donna tant de plaisir,
    MOLIERE, en un mot c'est tout dire.
L'admirable faiseur d'*Impromptus* à loisir,
    Quand la Mort vint pour le saisir,
Après l'avoir joüée il ne pût s'en dédire,
Et contr'elle perdant sa comique vertu,
    Il eût beau faire le folâtre :
Cette mort n'étoit pas une mort de théâtre ;
Il falut tout de bon déloger *in promptu !*

❧

    Cy gist MOLIERE, le folâtre
    Dont tout Paris fut idolâtre,
Et qui fut merveilleux à faire le bouffon.
Mille fois il mourut d'une mort de théâtre,
Mais une seule fois il est mort tout de bon.

Cy gist qui parut sur la scene [1]
Le singe de la vie humaine,
Qui n'aura jamais son égal.
Mais voulant de la mort ainsi que de la vie
Estre l'imitateur dans une comedie,
Pour trop bien réussir, il réussit fort mal ;
Car la Mort, en estant ravie,
Trouva si belle sa copie
Qu'elle en fit un original.

POLIMÉNE.

---

1. Cette épitaphe a déjà paru dans l'*Oraison funèbre* (tome I de cette collection, p. 20).

ÉPITAPHES DIVERSES

ÉPITAPHES FRANÇAISES

Ci gist qui fit tant le folâtre,
Qui voulut réformer et la ville et la cour ;
Mais la mort nous instruit bien mieux en un seul jour
Qu'il ne fit en vingt ans jouant sur le théâtre.

Ci gît qui toujours se moquoit,
Qui, pour plaire aux grands, se piquoit
D'une impiété sans seconde ;
Nul ne fut épargné de lui ;
Le bouffon sçait bien aujourd'hui
Si l'on se raille en l'autre monde.

Moliere est mort subitement ;
Le diable l'a pris brusquement
Et le tient enfermé dans sa grotte profonde ;

Son sort étoit égal pendant qu'il a vécu ;
    Car, étant jaloux et cocu,
    Il étoit damné dans ce monde.

❀

    Moliere repose en ce lieu,
    Qui par des œuvres exécrables
    Se mit si mal auprès de Dieu
    Qu'il est très bien auprès des diables.

❀

    Ci gît Roscius ou Moliere :
Jouer le genre humain, c'étoit pour lui trop peu,
Il veut jouer la Mort ; la cruelle en colere
Se saisit du bouffon au milieu de son jeu
Et ne veut pas par lui se laisser contrefaire.

MASSON [1].

❀

AUTRE VERSION DE LA MÊME PIÈCE

Cette urne est le dépôt des cendres de Moliere.
Il se faisoit un jeu de jouer les humains ;

---

1. Imitation du *Roscius hic situs est tristi Molierus in urna* par Etienne Bachot, 1686.

Mais, en jouant la Mort, il passa par ses mains :
La cruelle à l'instant lui ravit la lumiere.

> (*Mercure*, janvier 1736.)

꒐꒑

> Cy gist, dessous ce monument,
> Le corps de l'illustre Moliere,
> Qui de malade imaginaire
> Le devint veritablement ;
> Et comme la fin de la vie
> Se rapporte au commancement,
> Ce pauvre acteur, en ce moment,
> Pour achever la comédie,
> Voulut faire son testament,
> Et finit par la tragédie.

> 1673.

(Bibliothèque nationale, mss. fr. 17056. Résidu de Saint-
Germain, paq. 4, nº 6, fº 195. — Portef. de Vallant,
t. XIII, p. 65.)

꒐꒑

De la plaisanterie interprete éloquent[1],
Comédien parfait et poëte éminent,

---

1. Épitaphe imitée du latin de l'historien Eudes Mezeray : *Placidis Manibus J. B. P. Molerii, nostræ ætatis
Plauti, simul Roscii* (*Oraison funèbre*, t. Ier de la collection, p. 70).

On le vit corriger par son fin badinage
Les défauts, les travers de tout rang, de tout âge.
Son utile enjoûment nous faisant la leçon,
Il fut meilleur censeur que l'austere Caton.

CASIMIR CORNU.

※

« Est-ce là le bon Moliere [1]
Que l'on conduit au cimetiere ? »
Ce disoit un de nos voisins.
« Non, répond un apotiquaire,
C'est un Malade imaginaire
Qui se moque des médecins. »

(*Paris ancien et nouveau*, par M. Le Maire. Paris,
Th. Girard, 1685, 3 vol. in-12.)

※

Moliere, ce fameux comique,
Qui, par sa prose et par ses vers,
Admiré de tout l'univers,
Est devenu l'objet de la douleur publique ;
Tout Paris regrette son sort,
Et soutient qu'il est grand dommage

---

1. Variante de :

« C'est donc là le pauvre Moliere. »

(*Or. fun.* de 1673.)

Qu'un comédien parfait soit mort
Pour n'avoir su jouer son dernier personnage.

(Vers tirés d'un manuscrit de la Bibliothèque
municipale de Bordeaux.)

꙰

Moliere est mort qui nous donnoit du pain.
Il faut vivre de Racine ou mourir de faim.

AUBERT.

(Copié sur la garde d'un tome II de l'édition des
Œuvres de Molière, Amsterdam et Leipzig, Arkstée
et Merkus, 1750.)

꙰

Passant, ici repose un qu'on dit être mort [1].
Je ne sais s'il l'est, ou s'il dort.
Sa maladie imaginaire
Ne peut pas l'avoir fait mourir ;
C'est un tour qu'il joue à plaisir :

---

[1]. Variante de la pièce de vers :

« Cy gist un grand acteur que l'on dit estre mort »

publiée à la page 19 de l'*Oraison funèbre* (t. Ier de cette
collection). — Voir aussi l'épitaphe :

« Cy gist un qu'on dit estre mort. »

à la page 85 de l'*Enfer burlesque, Épitaphes*, etc . (collection Gay).

Car il aimoit à contrefaire.
C'étoit un grand comédien.
Quoi qu'il en soit, ci gît Moliere.
S'il fait le mort, il le fait bien.

(*Lettre du Comte de Limoges à Bussy-Rabutin,*
2 mars 1673.)

Nous n'imprimons pas ici l'épitaphe :

Dans cet obscur tombeau repose
Ce comique chrétien, ce grand peintre de mœurs,

publiée par Robinet, le 25 février 1673, quatre
jours après l'enterrement de Molière. On la
trouvera dans un prochain volume de la collection, avec deux autres extraits de Robinet, com-
mençant par ces vers :

Notre vray Térance françois,
Qui vaut mieux que l'autre cent fois,

et

Le fameux autheur théâtral,
Le célebre peintre moral...

ÉPITAPHES LATINES

DU R. P. FRANÇOIS VAVASSEUR

Ces huit épitaphes se trouvent réunies dans
ses *Poésies*, publiées après sa mort par le P. Lu-
cas, sous ce titre : *Francisci Vavassoris, e Soc.
Jesu, multiplex et varia Poesis, antea sparsim
editá, nunc in unum collecta* (Parisiis, apud
viduam Cl. Thiboust, M.DC.LXXXIII, in-8, pp. 121-
123) et dans ses *Opera omnia* (Amstelodami,
apud Petrum Humbertum, 1709, in-f°; Epigrammatum Liber quartus, pp. 675-676).

XIX

Molerius, poeta comicus, et actor in scena, cum egisset
fingentes morbum sibi, ægrotus ipse revera, mox, e theatro domum reversus, mortem obiit.

Personam ægroti dum sustinet histrio falsi,
   Personam ægrotus sustinet ipse suam.
Restabat, morbum qui tunc simulaverat, idem
   Nil simulans, mortem mox ut obiret : obit.

XX

Induerat morbi personam morio ludens :
Seria Mors illam detrahit, hunc perimit.

XXI

Spectator, fingit tibi mimus ut omnia semper ?
Æger erat, moritur : bis nihil imposuit.

XXII

Aspice quam justo plus fecerit actor : agenda
Comœdo fuerat fabula, non anima.

XXIII

Ludere mortales salse dum pergeret omnes,
Dicta impune tulit ludio salsa sua.
Ast ubi cœpisset diram quoque ludere Mortem,
Non tulit : illa suam protinus ulta vicem est.
Nec tamen in proprio dominantem aggressa theatro :
Excipit occultis, dum redit iste, dolis.
Intulerat vix prima domus in limina gressum ;
Ante focum et mœsta conjugis ora cadit.
Mors mala, quæ nulli parcis, huic parcere saltem
Debueras, similis qui tibi parque foret.

XXIV

Sannio fingebat verum se credere morbum.
   Stultus : ne falso crederet, occubuit.

XXV

Ecce perit, morbum ac mortem postquam histrio finxit
   Non melius partes egerat ipse [1] suas.

XXVI

MOLERIUS POETA COMICUS,

IDEMQUE COMŒDUS, ELATUS NULLO FUNERE [2].

Dulce decus scenæ, Moleri, et scriptor et actor,
   Gallica cui plausus mille theatra dabant,
Emendata tuis ventosior aula cachinnis :
   Plebs petulans sanna facta modesta tua.
Inde minus simulant falsæ pietatis alumni,
   Et placet ipsa sibi jam pretiosa minus.

---

1. Variante de 1709 : *ante* suas.
2. Imité en vers français par le P. Bouhours :

   « Ornement du théâtre, incomparable acteur... »

publié à la page 55 de l'*Oraison funèbre*, t. Ier de cette collection.

Quid quæ scire volunt nimium doctæque videri ?
  Stultitiam agnoscunt, te monitore, suam.
Quin homines hominum didicit ferus osor amore.
  Nil stupet hic miris, qui modo cuncta, locis.
Rusticus, urbanus, tua denique scripta jocando
  Dum legerent, mores didicere rudes.
Gratia sed tanto quæ digna relata magistro est ?
  Gens ingrata ! tuis invide, Galle, bonis.
Comœdo, incultum qui te formaret, egebas :
  Comœdo, ingratum qui reprehendat, eges.
Unum peccasti, Moleri : ut cetera, per te
  Debuit hoc vitium Gallia scire suum.

AUTRES
ÉPITAPHES LATINES

JOH. BAPT. POQUELINI MOLERII

Comœdi et Poetæ præstantissimi

TUMULUS.

Deliciæ procerum, tota notissimus aula,
  Ille idem scenæ, Pieridumque decus,
Et gravis Æsopus, et doctus Roscius idem,
  Et risum et lacrimas voce movere potens ;
Qui spectatores ipsos fecisse Cleanthas,
  Qui potuit Crassos dissoluisse graves ;
Cui Plautus salibus, cessitque Terentius arte ;
  Ille sub hoc situs est marmore Molierus.

MÉNAGE.

(*Poemata*, 8ᵛᵃ Ed. Amst., H. Wetstein 1687, p. 142.
Epigrammatum liber, cxxv.)

✠

BAPTISTÆ POQUELINI MOLIERI

Insignis Comœdiographi [1].

Regem, devotum, et quem non impune lacesso,
 Cum medicum aggredior, quam male cessit opus !
Qui mortem lusi, Mors heu ! me denique lusit ;
 Nec medicus potuit ferre vocatus opem [2].

✠

ALIUD

Qui vivus cunctos ludebat, denique lusit
 Se moriens, varium Morsque coronat opus.

---

1. C. D. Royeri de Nommeeio *Musarum juvenilium* pars prima (2ᵉ édit., Paris, imp. royale, 1690, in-8 de 192 pages).

2. Voyez la traduction française à la suite de l'*Oraison funebre de Moliere* :

 « J'ay de tous les états découvert le mystere. »

   (Page 52 du t. 1ᵉʳ de la collection.)

IDEM GALLICE [1]

Du même.

Moliere s'est moqué de tous heureusement ;
Il a joué chacun sous divers personnages,
  Et, pour finir tous ses ouvrages,
Il s'est joué luy même, et l'a fait en mourant.

---

1. Ces trois épitaphes ont été publiées pour la première
fois par *le Moliériste* (tome I).

VERS

SUR

LA MORT DE MOLIÈRE

VIRELAY

SUR

LA MORT DE MOLIERE

Ci gît le comique Moliere,
Sans chanter, sans sonner, sans prêtre, sans lumiere,
Enterré clandestinement
Dedans le coin d'un cimetiere.
Dieu veuille qu'il y soit aussi profondément :
Car, s'il en étoit autrement,
Il n'y seroit pas sûrement,
Et je ne répondrois de lui ni de sa biere
Contre la troupe meurtriere
Qu'il a peinte à nos yeux si naturellement,
Et dont l'ignorance grossiere
Nous fait dire lugubrement :
Ci gît le comique Moliere.

Devant le désastreux moment
Qui ferma sa belle carriere,

Il en fit charitablement
Au public avertissement,
Et de son divertissement
La tres-ridicule matiere.
Mais, comme cette secte fiere
En garde du ressentiment,
On l'a porté secretement,
Pour lui trouver sûreté toute entiere,
Dedans ce dernier logement,
Sans chanter, sans sonner, sans prêtre, sans lumiere.

La *Précieuse* et son fantasque amant,
Dans les *Fâcheux* maint traîneur de rapiere,
Dans le *Tartuffe* maint mangeur de bréviaire,
Qui se sont vus railler ouvertement,
En ont usé bien plus modestement.
Les *Médecins* poussent l'emportement
Jusqu'à la mort non seulement,
Mais jusqu'après l'enterrement,
Et c'est pourquoi dans ce moment,
Sans un *De profundis*, sans la moindre priere,
Il fut enterré clandestinement.

Là puisse-t-il dormir tranquillement
Jusqu'au grand jour du jugement,
Sans ouvrir l'œil, sans ciller la paupiere,
Le corps exempt de tout médicament,
Et son misérable derriere

A couvert de canon, seringue et lavement,
   Pendant qu'il gît aussi piteusement
      Dedans le coin d'un cimetiere.

     Passant, qui connois la maniere
     Et le cruel tempérament
De ces empoisonneurs qu'on craint si justement,
Garde de ce dépôt le secret sagement,
   Et ne va point prôner publiquement :

     Cy gît le comique Moliere,
Sans sonner, sans chanter, sans prêtre, sans lumiere,
    Enterré clandestinement
    Dedans le coin d'un cimetiere.

A RACINE

Avant qu'un peu de terre obtenu par priere
Pour jamais sous la tombe eût enfermé Moliere,
Mille de ses beaux traits, aujourd'hui si vantés,
Furent des sots esprits à nos yeux rebutés.
L'ignorance et l'erreur à ses naissantes piéces
En habits de marquis, en robes de comtesses,
Venoient pour diffamer son chef-d'œuvre nouveau,
Et secouoient la tête à l'endroit le plus beau.
Le commandeur vouloit la scéne plus exacte ;
Le vicomte indigné sortoit au second acte.
L'un, défenseur zélé des bigots mis en jeu,
Pour prix de ses bons mots le condamnoit au feu ;
L'autre, fougueux marquis, lui déclarant la guerre,
Vouloit venger la cour immolée au parterre.
Mais, sitôt que d'un trait de ses fatales mains
La Parque l'eut rayé du nombre des humains,
On reconnut le prix de sa muse eclipsée.
L'aimable Comédie, avec lui terrassée,
En vain d'un coup si rude espéra revenir,
Et sur ses brodequins ne put plus se tenir.

BOILEAU, Építres, VII, 1677.

MELPOMENE A LA RENOMMÉE

Depuis combien de tems la fidéle Thalie
Dans un habit lugubre est-elle ensevelie,
Le front ceint de cyprès, les yeux baignés de pleurs,
Sans qu'un autre MOLIERE appaise ses douleurs?
Dans les siécles passés comme au siécle où nous sommes,
La nature étoit lente à faire de grands hommes;
Et l'aimable Thalie a long-tems à pleurer
Avant que son malheur se puisse réparer.

BOURSAULT [1].

---

1. L'auteur croit se rappeler, dans sa *Lettre à Madame la Marquise de B...*, *sur l'Indigence du théâtre*, que ces vers faisaient partie du prologue de sa *Princesse de Clèves*. Avait-il oublié que cette pièce fut représentée, sur le théâtre du Marais, *avant la mort de Molière?*

5.

MERCURE A APOLLON

Depuis qu'un peu trop tôt la Parque meurtriere
    Enleva le fameux MOLIERE,
Le censeur de son temps, l'amour des beaux esprits,
La Comédie en pleurs et la scéne déserte
    Ont perdu presque tout leur prix.
    Depuis cette cruelle perte,
    Les Plaisirs, les Jeux et les Ris
Avec ce rare Auteur sont presque ensevelis.

REGNARD, Prologue des *Ménechmes*,
sc. 1, 1705.

SONNET

SUR

LA MORT DE MOLIÈRE

Dans ces lieux profanez par un méchant folâtre,
De qui l'attache au bien, l'aveuglement fut tel
Qu'il permit tout au vice et fit que le théâtre
 Impunément livra guerre à l'autel.

Il eut les sentimens d'un parfait idolâtre ;
Chacun dans ses desirs eut sa part au cartel.
Le dieu qu'il adora ne fut qu'un dieu de plâtre,
Et la foi s'opposoit à son être immortel.

En se flattant lui-même en son libertinage,
On l'a vu soutenir différent personnage ;
Mais le plus fort parut au divin tribunal

Où ce pauvre insensé, cet ingrat, cet impie,
En pensant de sa mort n'être que la copie,
En devint par malheur le triste original.

———

RÉPONSE

AU PRÉCÉDENT SONNET

Sur les mêmes rimes.

Si je fus un plaisant, si je fus un folâtre,
De mon attache au bien l'excès n'étoit pas tel
Que sans respect pour Dieu l'on ait vu le théâtre
Faire de mes leçons le procès à l'autel.

Pénétrant le vrai culte et le culte idolâtre,
Aux dévots simulez je livrai le cartel ;
Je renversai l'idole et découvris le plâtre
Qui tâchoit d'emprunter un visage immortel.

Sous l'habit de vertu l'impur libertinage
Jouoit impunément un lasche personnage ;
Je le fus attaquer jusqu'en son tribunal.

Pour détrôner l'erreur, je contrefis l'impie ;
Et, puisque je n'étois que la simple copie,
Ne la confondez pas avec l'original.

Moliere faisoit le portrait
De chaque sot qu'il rencontroit,
Et jouoit la cour et la ville;
Acteur naïf, peintre parfait,
Auteur agréable et fertile,
Il ne lâchoit pas un seul trait
Qui du plaisant et de l'utile
Ne produisît l'heureux effet.

FR. DE CALLIÈRES, *De la Science
du Monde.*

Puisqu'à Paris on dénie
La terre après le trépas
A ceux qui pendant leur vie
Ont joué la comédie,
Pourquoi ne jette-t-on pas
Les bigots à la voirie?
Ils sont dans le même cas.

CHAPELLE.

L'OMBRE DE MOLIERE

ET SON ÉPITAPHE

PAR C. DASSOUCY

L'OMBRE DE MOLIERE

ET SON ÉPITAPHE [1]

A MONSEIGNEUR
LE DUC DE SAINT-AIGNAN.

MONSEIGNEUR,

JE *vous presente un Ombre, mais ce n'est pas de ces Ombres qui effrayent les vivans, c'est l'Ombre de Moliere, qui ne peut estre que divertissant, et qui ne fera point de peur après sa mort qu'à ceux qui ont redouté son esprit durant sa vie. Quoy qu'il eust plus de talent*

---

1. A Paris, chez J. Baptiste Loyson, au Palais, dans la Salle des Merciers, proche la Sainte-Chapelle, *à la Croix d'or*, 1673, in-4 de 2 ff. et de 8 pages.

pour se faire des envieux que pour s'acquerir des amis, il fut pourtant tousjours mon amy. Et si, sur la fin de ses jours, il cessa de l'estre, je veux que tout le monde sache que je ne cesse pas d'estre son estimateur[1]. *C'est pourquoy je crois qu'on ne trouvera pas estrange si, au milieu de tant de jaloux qui font vanité de remuer ses cendres et déchirer sa mémoire, j'ay pris le plus honneste parti. Je crois,* MONSEIGNEUR, *que vous qui estes la générosité mesme ne desaprouverez pas ce petit effet de la piété de celuy qui, estant plus que tout le reste du monde obligé à la Vostre, sera tousjours,*

MONSEIGNEUR,

Votre tres-humble et tres-obéissant serviteur

DASSOUCY.

---

1. Le mot plaisait à Dassoucy : « Ayant Molière pour *estimateur* et toute la maison des Béjart pour amie », dit-il plus tard dans ses *Aventures.*

L'OMBRE DE MOLIERE

ET SON ÉPITAPHE

Quel bruit entens je sur la terre !
Que d'escrits, que de vains propos !
Fascheux à qui j'ay fait la guerre,
Laissez mes cendres en repos.
Dites-moy, peuple heteroclite,
Esprits jaloux de mes bons mots,
Que vous a fait ce Démocrite
Pour faire la guerre à ses os ?

Attaquant dans l'âme hypocrite
Le vice par moy combattu,
Ay je offencé vostre vertu,
Ou fait tort à vostre mérite ?
Si le meschant j'ai demasqué,
Gens de bien, qu'avez vous à craindre ?

Quelle raison a de se plaindre,
L'homme qui n'est point attaqué ?

Et vous, grand Corps que j'ay choqué,
Qui profitez de nos desordres,
Docte et sçavante Faculté,
Si je suis parti sans vos ordres,
Excusez ma temerité,
Troupe au monde si nécessaire,
Non pas tant pour nostre santé
Que pour monsieur l'apotiquaire,
Quand vous m'aurez ressuscité,
Je feray pour vous satisfaire,
Non le malade *imaginaire*,
Mais le malade en vérité.

Et vous sur mon theatre assis,
Beaux frizés pour qui tout soûpire,
Beaux courtisans, beaux Amadis,
Marquis que le parterre admire,
Quand de vos faits et de vos dits,
Dont j'ay defrayé nostre Sire,
On vous void esclatter de rire,
A la barbe de tout Paris.
Marquis plus sçavants que Voiture,
Qui sans raison et sans mezure,
Faites des sonnets si jolis,
Et de si beaux vers sans rature,

Marquis si beaux et si bien mis,
Si bien faits et si bien apris,
Venez jusque à ma sépulture,
Pour apprendre en quelle posture,
Il faut que se tienne un marquis.
J'attesteray par escriture,
Par serment, et par signature,
Que vous estes de beaux esprits.

Pardonnez moy, maistre Martin,
Si j'ay fait une esgratignure
A vostre pourpoint de satin.
Priez pour moy soir et matin,
Ou je suis flambé, je vous jure,
Rate, poumon, foye et fressure,
Crin, poil et peau, tripe et boudin,
Mon genti joly roquantin,
Las ! pardonnez moy cette injure,
Ou je suis frit comme un lutin.

Dieux, que de monstres j'ay fait naistre !
Que d'ennemys je voy parestre !
J'entends aujourd'huy plus d'un chien
Qui m'abboye et me mord en traistre,
Qui m'appelle comedien,
Qui bouffon, qui luterien,
Qui me tient plus meschant qu'un raistre.
Las ! moy, pauvre Parisien,

Dites moy, qu'ay-je fait pour estre
Traitté comme un pharisien ?
Si, dans mon plaisant entretien,
Vos sottizes j'ay fait connoistre,
En suis-je moins homme de bien ?
Quoy ! divertir un si grand Maistre,
N'est-ce donc estre bon à rien ?

Escrivains jaloux de ma gloire,
Qu'icy bien-tost je reverray,
Sans papier et sans escritoire,
Si je repasse l'onde noire,
Morgoy ! que je vous frotteray !
Comme à grands coups de decrotoire,
Poetes, je vous decroteray !
Rimeurs qui rimez aprés boire,
Entre le fromage et la poire,
Parbleu ! je vous attraperay,
Vous mourez, et moy je vivray,
Vous pourrirez dans une armoire,
Tandis qu'au Temple de Memoire,
Comme un soleil j'esclatteray.
Quoy que l'on pense ou que l'on die
De mon esprit ou de ma vie,
De Moliere on ne verra plus.
La Parque, en extaze ravie,
En tient en ceste tombe inclus
L'original et la copie.

Je fus au dessus de l'envie :
Pour atteindre au poste où je fus,
Messieurs les grizons d'Arcadie,
Vos efforts seront superflus.

Rage, fureur et jalousie,
Tous ensemble je vous defie.
Venez, accourés sur mes pas,
Petits esprits, je ne crains pas
Que vostre rage me confonde
Dans vos escrits mangez des rats.
Quoy que dans une nuit profonde,
Mes yeux soient fermez icy bas,
Mon esprit, tousjours plein d'apas,
Courant sur la terre et sur l'onde,
Brillera malgré le trespas,
Autant que ceste masse ronde
Aura d'illustres potentats.

Quoy que sur ma pauvre carcasse,
Sans cesse le corbeau croasse,
J'ay trop d'illustres partizans,
Auprez du grand dieu du Parnasse,
Pour craindre vos traits medisans.
Dans vos escrits plus froids que glace,
Si je ne fus pareil au Tasse,
Je seray le Plaute du temps,
Et parmy les plus triomphans

J'auray sans doute un peu de place ;
Plus charmant que l'enfant de Trace,
J'ay diverty, plus de vingt ans,
Des roys le plus grand qui se fasse.
Je fus acteur, je fus autheur,
Poete, philosophe et censeur,
Qui, par une pieuse audace,
Jouant le monde et sa grimace,
Ay demasqué maint imposteur,
Et fait rire plus d'un seigneur
Des deffauts de la populace.
Au vice j'ay donné la chasse ;
Aussi mon seigneur et mon Roy,
Assez content de mon employ,
Malgré le tonnerre qui gronde,
Me souffre encor auprez de soy.
Sa cour où toute gloire abonde
Revoid mon esprit sans effroy ;
Et tous les gens de bon alloy
Prosnent ma vertu sans seconde.
Troupe chagrine et furibonde,
Vous serez brave, sur ma foy,
Quand sur le theatre du monde
Vous aurez fait autant que moy.

ÉPITAPHE

O dieux, que le destin severe
De Poclin Baptiste Moliere,
Qui tenoit le monde joyeux,
Va faire de gens mal-heureux !
Que le Marais est en cholere !
L'Hostel s'arrache les cheveux,
Lully le deplore en tous lieux,
La Faculté s'en desespere,
Cotin en a moüillé ses yeux,
Et le Tartuffe pris la haire.
Passant, si tu crois le contraire,
Et si de ce poëte fameux
La gentillesse te fust chere,
A cest esprit plein de lumiere
Donne au moins un soupir ou deux,
Et dis, approchant de sa biere :
Adieu les ris, adieu les jeux.

C. DASSOUCY

A MONSIEUR DASSOUCY

Sur l'ombre de deffunt Moliere
Que Dassoucy tousjours ayma,
Et que l'aymé fort estima,
Mais que pourtant il n'ayma guere.

—

J'ay soupiré, pleuré, gemy !
Pour luy mon deuil est assez ample,
Mais regretter son ennemy,
Et luy dresser encore un temple,
Inimitable Dassoucy,
C'est une vertu sans exemple :
On devroit se vanger ainsi.

INSCRIPTIONS

SUR DES

PORTRAITS GRAVÉS DE MOLIÈRE

INSCRIPTIONS

SUR DES

PORTRAITS GRAVÉS DE MOLIERE

Pour réformer nos mœurs, pour régler notre vie,
En vain ont travaillé les plus doctes esprits;
De cet Auteur fameux la fine raillerie
    Nous en dit plus que leurs écrits.

  (Gravure d'Habert, d'après Mignard, vers 1683.)

Tantôt Plaute, tantôt Térence,
Toujours Moliere cependant.
Quel homme! Avouons que la France
En perdit trois en le perdant.

(1725, gravure attribuée à B. Picart, d'après Mignard.)

7

※

Moliere, par son sel attique,
En riant corrigeoit les mœurs ;
Le ridicule, en proie à mille traits railleurs,
Redoutoit sa veine comique ;
Mais depuis qu'au théâtre, où brilloient ses bons mots,
On ne voit plus régner que de fades caprices,
Ce qui fut la terreur des sots
Devient à présent leurs délices.

(Gravure d'E. Desrochers, 1747.)

※

Vrai poete du peuple, ami de la nature,
Fléau des charlatans, il brava leurs clameurs ;
Ses crayons vertueux flétrirent l'imposture,
Et par le ridicule il réforma les mœurs.

CHÉNIER.

(Gravure de Beauvarlet, 1773.)

※

Prince et législateur de la scene comique,
Il plaît à tous les goûts, charme tous les esprits.
Quoi qu'en dise le Satirique,
Moliere de son art a remporté le prix.

ETIENNE JOUY.

PIÈCE DE VERS

TROUVÉE SUR LE TOMBEAU DE MOLIÈRE

à l'Élysée du Musée des Monuments français.

Disciple ingénieux de Plaute et de Térence,
La gloire de son siecle et gloire de la France,
En philosophe aimable il corrigea les mœurs,
Eclaira les esprits et réjouit les cœurs.
A peindre la nature il est inimitable
Et reste pour modele en son art admirable.

———

ÉPITAPHE LATINE PROPOSÉE POUR MOLIÈRE.

In obitum Johannis Baptistæ

POQUELINI MOLERII

Comicorum et Comœdorum suæ ætatis

facile Principis.

———

INSCRIPTION DU TOMBEAU

AU PÈRE LA CHAISE

OSSA

J. B. POQUELIN MOLIERE

PARISINI

COMŒDIÆ PRINCIPIS

HUC TRANSLATA ET CONDITA

A. S. MDCCCXVII

CURANTE

URBIS PRÆFECTO GUILL. CHABROL DE VOLVIC

OBIIT AN. S. MDCLXXIIJ, ÆTATIS S. LI.

CATALOGUE ALPHABÉTIQUE

DES

ÉPITAPHES, ÉPIGRAMMES, MADRIGAUX,

STANCES, SONNETS, ETC.

SUR LA MORT DE MOLIÈRE

Avec les variantes, les indications des sources
· et les attributions.

*(Les numéros précédés d'une * sont contenus dans le présent
recueil.)*

A quoi te servit, ô Moliere : 4 vers. — *Recueil
de Trallage.*

Ah ! Dieu, que le destin sévere : 17 v. — Dassoucy. — Voy. « O Dieux !... »,

Apprends, athée, apprends, impie : 4 v. — *Aux
athées et impies du siécle,* Trallage.

* *Aspice quam justo plus fecerit actor : agenda :*
2 v. — P. Vavasseur.

* Avant qu'un peu de terre obtenu par priére :
20 v. — Boileau, *Épître VII,* à Racine, 1677.

BOUFFON DES ENFERS (LE). — Voy. « Je croy que l'on n'a jamais fait ».

C'est donc là le pauvre Moliere : 6 v. — *Oraison funèbre*, 1673.

*Ce n'étoit qu'une comédie : 8 v. — Poliméne, *Sur la comédie de son* MALADE IMAGINAIRE.

Celuy qui gist dans ce tombeau : 10 v. — *Or. fun.*, 1673.

*Cette urne est le dépôt des cendres de Moliere : 4 v. Trad. de « *Roscius hic situs* ». — *Mercure* de janvier 1736.

Chante tant qu'on voudra ces illustres acteurs. — *Madrigal*, par Roudil.

Cy gist ce merveilleux génie : 9 v. — Trallage.

Cy gist cet ennemi des vices de son temps : 8 v. Trad. d' « *Hic situs est* ». — Marcel, éd. de 1682.

Cy gît cet heroïque auteur : 10 v., attribués à Colletet par M. P. Lacroix. — Cologne, 1677.

Cy gît dans cette froide biere : 5 v. Variante de « Cy gît sous cette froide pierre ». — *Voyage de Chapelle et Bachaumont*, 1697.

*Cy gist dessous ce monument : 10 v. — Bibl. Nat., mss. fr. 17056, fo 195 ; Rés. de Saint-Germain. Portef. Vallant.

*Cy gist le comique Moliere : 53 v. — *Virelay*

sur la mort de Molière, communiqué à Beffara par M. Hérisson, juge à Chartres.

Cy gît l'illustre auteur d'une juste satire : 13 v. — Cologne, 1677; *Voyage,* 1697.

Cy gît le singe de la vie : 7 v. — Trallage.

Cy gît le Térence françois : 8 v. — *Or. fun.,* 1673; Cologne, 1677; *Voyage,* 1697.

Cy gît Moliere, c'est dommage : 6 v. — Cologne, 1677; *Voyage,* 1697.

* Cy gît Moliere ce folàtre : 5 v. — Épitaphe, par Poliméne.

* Cy gist Moliere, dont le sort : 4 v. — Poliméne.

Cy gît, parmy les trépassez : 4 v. — Cologne, 1677; *Voyage,* 1697.

* Cy gist qui dans la comédie : 6 v. — Poliméne.

* Cy gist qui fit le fou, l'hypocrite et le sage : 6 v. — Poliméne.

* Cy gît qui fit tant le folàtre : 4 v. Épitaphe.

* Cy gist qui nous fit si bien rire : 10 v. — Poliméne.

* Cy gît qui parut sur la scéne : 9 v. Épitaphe. — *Mercure galant,* 1673, t. Ier; Poliméne ; Cologne, 1677; *Voyage,* 1697. — Voy. « Cy gist sans nulle pompe vaine ».

* Cy gist qui sçavoit faire rire (ou « l'art de rire ») : 18 v. 6 variantes. — Cologne, 1677; *Voyage,* 1697.

* Cy gist qui sçavoit plus que son A B C D : 6 v. — Poliméne.

* Cy gît qui toujours se moquoit : 6 v.

* Cy gît Roscius ou Moliere : 5 v. Imitation de « *Roscius hic situs* ». — Masson.

Cy gît sans nulle pompe vaine. Variante de « Cy gît qui parut sur la scéne ».

Cy gît sous cette froide pierre : 5 v. Variante de « Cy gît dans cette froide biere ». — *Or. fun.,* 1673; Cologne, 1677.

Cy gît un grand acteur que l'on dit estre mort : 9 v. — *Or. fun.,* 1673. — Voy. « Passant, ici repose ».

Cy gît un homme sans égal : 10 v., par Sacquespée, peintre. — *L'Apollon,* Rouen, 1674.

* Cy gît un illustre bouffon : 4 v. (N° 1 du *Moliériste*). — Bibliothèque de Bordeaux, ms. 696 A.

Cy gît un qu'on dit être mort : 10 v. — Voy. « Cy gît un grand acteur » et « Passant, ici repose ». — Cologne, 1677; *Voyage,* 1697.

* Dans ces lieux profanez par un méchant folâtre. Sonnet sur la mort de Molière. — *Rec.* de Maurepas, t. XXIV, f° 356. — Voy. la réponse : « Si je fus un plaisant », sur les mêmes rimes.

Dans cet obscur tombeau repose : 20 v. — Robinet, 25 fév. 1673.

Dans le même temps que mourut : 10 stances sur la mort de Molière, 40 v. —Cologne, 1677. —Attrib. à Dassoucy.

De deux comédiens la fin est bien diverse : Sonnet « sur la sépulture de J. B. Poclin, dit Moliere, comedien, au cimetiere des mort-nez à Paris ». — *L'Apollon, ou l'Abrégé des regles de poésie françoise,* par les Isles le Bas, Rouen, 1674.

*De la plaisanterie interpréte éloquent : 6 v., imités d' « *Hic facunde jaces facetiarum* ». — C. Cornu.

* *Deliciæ procerum, tota notissimus aula :* 8 v. — Ménage.

*Depuis combien de temps la fidéle Thalie : 8 v. — Boursault.

Depuis long-temps une erreur sans seconde. —. *Les Médecins vengez, ou la Suite funeste du Malade imaginaire,* Cologne, 1677.

* Depuis qu'un peu trop tôt la Parque meurtriere : 8 v. — Regnard, prologue des *Ménechmes,* 1705.

Deux hommes sont morts aujourd'hui : 4 v. — *Les Deux Illustres morts en même jour,* Trallage.

* Disciple ingénieux de Plaute et de Térence :

Sixain trouvé sur le tombeau de Molière à l'Élysée du *Musée des monuments français.*

Doctes médecins outragés : 4 v. à Messieurs de la Faculté de médecine. — Trallage.

Dulce decus scenæ, Moleri, et scriptor et actor : 18 v. — P. Vavasseur.

Ecce perit morbum ac mortem postquam histrio finxit : 2 v. — P. Vavasseur.

ENFER BURLESQUE (L'). — 1677. — Voy. « J'apperçus parmi les bouffons ».

*Est-ce là le bon Moliere : 6 v. — *Paris ancien et nouveau,* par Le Maire. — Var. de « C'est donc là ».

Fascheux, bigots, cocus, médecins, avocats : 6 v. Épigramme. — Cologne, 1677; *Voyage,* 1697.

FAUSTIS MANIBUS J. B. P. M. Voy. « *Plaudebat, Moleri* ».

Hic facunde jaces facetiarum : 8 v. — *Placidis manibus J. B. P. Molerii, nostræ ætatis Plauti, simul Roscii.* Eudes de Mezeray, historiographe du Roy.

Hic situs est vitiorum hominum, dum viveret, hostis : 4 v. — *Placidis manibus J. B. P. Molerii, comicorum sui sæculi poetarum facile principis, Epitaphium,* par Marcel, comédien. — Voy. la traduction française : « Cy gît cet ennemi des vices de son temps », par le même, Amsterdam, 1725.

*Il est passé, ce Moliere : 7 v. — Lyon, 1673 (N° 1 du *Moliériste*).

In obitum Johannis Baptistæ Molerii. Épitaphe proposée pour Molière. — *Musée des monum. franç.*

*Induerat morbi personam morio ludens : 2 v. — P. Vavasseur.

J'apperçus parmi les bouffons. — Extrait de l'*Enfer burlesque*, Cologne, 1677, p. 21-25.

J'attaque également le plus haut caractere : 7 v. Épigramme.

*J'attaque impunément le plus haut caractere : 6 v. — Lyon, 1673 (N° 1 du *Moliériste*). — Voy. « J'ay de tous les états découvert », « J'attaque également » et « *Regem, devotum* ».

J'ay de tous les états découvert le mystére : 5 v. Cologne, 1677 ; *Voyage*, 1697. — Var. de « J'attaque également ».

*J'ay soupiré, pleuré, gémi. — A M. Dassoucy.

Je croy que l'on n'a jamais fait : 12 stances. — *Le Bouffon des enfers*, Cologne 1677.

La Cour qui t'honora d'un suffrage éclatant : 4 v. — Traduction de : « *Plaudebat, Moleri*, etc. » — Amsterdam, 1725.

La Parque m'a surpris, personne ne l'ignore. Sonnet. — Cologne, 1677 ; *Voyage*, 1697.

Le crédit de la Faculté : 18 vers sur la comédie

du *Malade imaginaire* (la Mort parle à Molière). — Trallage.

Le fameux autheur théâtral : 3o v. — Robinet, *Lettre en vers à Monsieur*, 25 février 1673.

* *Ludere mortales salse **dum pergeret omnes** :* 10 v. — P. Vavasseur.

MADRIGAL, par Roudil. — Voy. « Chante tant qu'on voudra ».

MEDECINS VENGEZ (LES), *ou la Suite funeste du « Malade imaginaire »*. — Voy. « Depuis long-temps », Cologne, 1677.

Moliere à chacun a fait voir : 6 v. — *Or. fun.* 1673.

Moliere a passé l'onde noire. — Var. de « Moliere est dans la fosse noire ».

*/Moliere, appelois-tu Malade imaginaire : 12 v. — Poliméne.

*Moliere, ce fameux comique : 8 v. attrib. à Dassoucy. — Bib. mun. de Bordeaux, ms. 696 A.

Moliere dans son art se rendit si parfait : 4 v. — Trallage. — C'est la fin du madrigal : « Moliere fut digne d'envie », par Poliméne.

* Moliere est dans la fosse noire : 4 v. — Lyon, 1673 (N° 1 du *Moliériste*). — Voy. « Moliere a passé l'onde noire ».

* Moliere est mort, c'est grand dommage : 6 v. — Lyon, 1673 (Nº 1 du *Moliériste*). — Var. de : « Cy gît Moliere, c'est dommage ».

Moliere est mort, quelle étrange nouvelle ! Sonnet irrégulier (c'est un médecin qui parle). — *Voyage*, 1697.

* Moliere est mort qui nous donnoit du pain : 2 v. — Aubert, 1750.

* Moliere est mort subitement : 6 v.

* Moliere faisoit le portrait : 8 v. — Fr. de Callières, *De la science du monde*.

* Moliere fut digne d'envie : 14 v. — Madrigal, par Poliméne.

Moliere, le public t'applaudissoit vivant. Trad. de « *Plaudebat, Moleri* ». — Huet. — Var. de « La Cour qui t'honora ».

Moliere n'est pas mort, c'est une erreur de suivre : 4 v. — Cologne, 1677 ; *Voyage*, 1697.

* Moliere par son sel attique. Huitain pour un portrait de Molière gravé par E. Desrochers. — *Le Parnasse françois*, 1732.

* Moliere repose en ce lieu : 4 v.

* Moliere s'est moqué de tous heureusement : 4 v. — C. D. Royer de Nommcy, 1690. — Voy. « *Qui vivus* ».

Notre vray Terance françois : 30 v. — Robinet, *Lettre* du 18 fév. 1673.

*O Dieux ! que le destin sévére : 17 v. — Épitaphe, par Dassoucy.

O sagesse de Dieu profonde : 4 v., *Sur la fin déplorable de Moliere.* — Trallage.

OMBRE DE MOLIERE (L'), par Dassoucy. — Voy. « Quel bruit entends-je ? »

Ornement du théâtre, incomparable acteur : 23 v. Stances sur Moliere, par le P. Bouhours, jésuite. Trad. de « *Dulce decus scenæ* ». Voy. « Tu réformas ». — Cologne, 1677 ; *Voyage,* 1697.

*Ossa J. B. Poquelin Moliere, inscription du Père-Lachaise.

Ouy, sept villes pour Homere, 13 v. Épigramme. — Cologne, 1677 ; *Voyage,* 1697.

*Passant, arrête un peu : cy gît un médisant : 4 v. — Lyon, 1673 (Nº 1 du *Moliériste*).

**Passant, ici repose un qu'on dit être mort : 9 v. — *Lettre* du comte de Limoges à Bussy-Rabutin, 1673. Voy. « Cy gît un grand acteur » et « Cy gît un qu'on dit ».

Passant, qui que tu sois, arrête : 24 v. — *Voyage,* 1697.

*Personam ægroti dum sustinet histrio falsi : 4 v. — P. Vavasseur.

PLACIDIS MANIBUS. — Voy. « *Hic situs* ».

Plaudebat, Moleri, tibi plenis aula theatris (Faustis manibus J. B. Poquelini Molerii, comicorum suæ ætatis facile principis) : 4 v. — Huet. — Voy. trad. « La Cour qui t'honora » et « Molière, le public ».

Pluton, voulant donner aux gens de l'autre vie : 8 v. — *Or. fun.*, 1673.

*Pour réformer nos mœurs, pour régler notre vie. Quatrain pour un portrait de Molière gravé par Habert, 1683.

*Prince et législateur de la scéne comique. Quatrain. — Étienne Jouy.

*Puisqu'à Paris on dénie : 7 vers. — Chapelle.

Quand Moliere, employant de l'art les plus beaux traits : 6 v. — Madrigal, par Marcel, comédien ; Amst., 1725, t. IV, p. 549.

*Quel bruit entends-je sur la terre ? 143 v. — *L'Ombre de Moliere,* par Dassoucy.

*Qui *vivus cunctos ludebat, denique lusit :* 2 v. — R. de Nommcy. — Voy. « Moliere s'est moqué de tous ».

Quoy ! c'est donc le pauvre Moliere ? 6 v. Epigramme. — Cologne, 1677 ; *Voyage,* 1697. — Variante de « C'est donc là le pauvre Moliere ? »

*Quoy ! faut-il donc que l'on soupire ?... 28 v. —

Stances sur la Mort de Moliere; Lyon, 1673 (Nº 1 du *Moliériste*).

* *Regem, devotum, et quem non impune lacesso:* 4 v. — R. de Nommcy, 1690. — Trad. de « J'attaque impunément ».

REQUESTE DES MEDECINS A LA MORT. — Voy. « Souveraine des rois ».

Roscius hic situs est tristi Molierus in urna : 4 v. — Préface de 1682, et Est. Bachot, *Parerga,* 1686.

* *Sannio fingebat verum se credere morbum :* 2 v. — P. Vavasseur.

Si dans son art c'est être un ouvrier parfait : 6 v. Épigramme attribuée à Dassoucy. —*Or. fun.,* 1673; Cologne, 1677 ; *Voyage,* 1697.

* Si je fus un plaisant, si je fus un folâtre. Sonnet en réponse au sonnet « Dans ces lieux profanez » sur les mêmes rimes. — Maurepas, t. XXIV, fº 357.

SONNET. — Voy. « La Parque m'a surpris ».

SONNET IRRÉGULIER. — Voy. « Moliere est mort ».

Sous ce tombeau gisent Plaute et Térence : 8 v. Épitaphe par La Fontaine. — *Or. fun.,* 1673 ; Cologne, 1677 ; *Voyage,* 1697. — L'original autographe signé, provenant du cabinet de Jul. Boilly, vendu en décembre 1874, a été donné aux archives de la Comédie-Française par M. Prosper Blanchemain.

Souveraine des rois, maîtresse des humains. —

Requeste des Médecins à la Mort, 2ᵉ partie des *Médecins vengez* ; Cologne, 1677.

* *Spectator, fingit tibi mimus, ut omnia semper :* 2 v. — P. Vavasseur.

STANCES. Voy. « Dans le même temps que mourut » et « Je crois que l'on n'a jamais fait ».

·SUR L'OMBRE DE DEFUNT MOLIERE : 4 v. à Dassoucy. — Voy. « J'ay soupiré, pleuré, gémi ».

·' * Tantôt Plaute, tantôt Térence. Quatrain pour un portrait de Molière gravé par B. Picart ou Wytwerf, 1725.

Tu réformas et la ville et la cour. Fragment avec variantes d' « Ornement du théâtre ». — P. Bouhours.

VIRELAY sur la mort de Molière. — Voy. « Cy gît le comique Moliere ».

* Vray poëte du peuple, ami de la nature. Quatrain pour le portrait gravé par Beauvarlet d'après un prétendu Sébastien Bourdon, 1773. — Chénier.

TABLE

Imp. Jouaust et Sigaux.